Collection rose

PRUDHOMME

Tendresses et Solitudes

PARIS

LIBRAIRIE A. LEMERRE

Tendresses et Solitudes

8°Ye
21979

Petite Collection rose

SULLY PRUDHOMME

Tendresses et Solitudes

PARIS

LIBRAIRIE A. LEMERRE

Au Lecteur

Quand je vous livre mon poème,
Mon cœur ne le reconnaît plus :
Le meilleur demeure en moi-même,
Mes vrais vers ne seront pas lus.

Comme autour des fleurs obsédées
Palpitent les papillons blancs,
Autour de mes chères idées
Se pressent de beaux vers tremblants :

Aussitôt que ma main les touche
Je les vois fuir et voltiger,
N'y laissant que le fard léger
De leur aile frêle et farouche.

Je ne sais pas m'emparer d'eux
Sans effacer leur éclat tendre,
Ni, sans les tuer, les étendre,
Une épingle au cœur, deux à deux.

Ainsi nos âmes restent pleines
De vers sentis mais ignorés ;
Vous ne voyez pas ces phalènes,
Mais nos doigts qu'ils ont colorés.

Printemps oublié

Ce beau printemps qui vient de naître
A peine goûté va finir ;
Nul de nous n'en fera connaître
La grâce aux peuples à venir.

Nous n'osons plus parler des roses :
Quand nous les chantons, on en rit ;
Car des plus adorables choses
Le culte est si vieux qu'il périt.

Les premiers amants de la terre
Ont célébré Mai sans retour,
Et les derniers doivent se taire,
Plus nouveaux que leur propre amour.

Rien de cette saison fragile
Ne sera sauvé dans nos vers,
Et les cytises de Virgile
Ont embaumé tout l'univers.

Ah ! frustrés par les anciens hommes,
Nous sentons le regret jaloux
Qu'ils aient été ce que nous sommes,
Qu'ils aient eu nos cœurs avant nous.

Les Chaînes

J'ai voulu tout aimer, et je suis malheureux,
Car j'ai de mes tourments multiplié les causes ;
D'innombrables liens frêles et douloureux
Dans l'univers entier vont de mon âme aux choses.

Tout m'attire à la fois et d'un attrait pareil :
Le vrai par ses lueurs, l'inconnu par ses voiles ;
Un trait d'or frémissant joint mon cœur au soleil,
Et de longs fils soyeux l'unissent aux étoiles.

La cadence m'enchaîne à l'air mélodieux,
La douceur du velours aux roses que je touche;
D'un sourire j'ai fait la chaîne de mes yeux,
Et j'ai fait d'un baiser la chaîne de ma bouche.

Ma vie est suspendue à ces fragiles nœuds,
Et je suis le captif des mille êtres que j'aime :
Au moindre ébranlement qu'un souffle cause en eux
Je sens un peu de moi s'arracher de moi-même.

Le Vase brisé

Le vase où meurt cette verveine
D'un coup d'éventail fut fêlé ;
Le coup dut effleurer à peine :
Aucun bruit ne l'a révélé.

Mais la légère meurtrissure,
Mordant le cristal chaque jour,
D'une marche invisible et sûre
En a fait lentement le tour.

Son eau fraîche a fui goutte à goutte,
Le suc des fleurs s'est épuisé ;
Personne encore ne s'en doute ;
N'y touchez pas, il est brisé.

Souvent aussi la main qu'on aime,
Effleurant le cœur, le meurtrit ;
Puis le cœur se fend de lui-même,
La fleur de son amour périt ;

Toujours intact aux yeux du monde,
Il sent croître et pleurer tout bas
Sa blessure fine et profonde ;
Il est brisé, n'y touchez pas.

L'Habitude

L'habitude est une étrangère
Qui supplante en nous la raison :
C'est une ancienne ménagère
Qui s'installe dans la maison.

Elle est discrète, humble, fidèle,
Familière avec tous les coins ;
On ne s'occupe jamais d'elle,
Car elle a d'invisibles soins :

Elle conduit les pieds de l'homme,
Sait le chemin qu'il eût choisi,
Connaît son but sans qu'il le nomme,
Et lui dit tout bas : « Par ici. »

Travaillant pour nous en silence,
D'un geste sûr, toujours pareil,
Elle a l'œil de la vigilance,
Les lèvres douces du sommeil.

Mais imprudent qui s'abandonne
A son joug une fois porté !
Cette vieille au pas monotone
Endort la jeune liberté ;

Et tous ceux que sa force obscure
A gagnés insensiblement
Sont des hommes par la figure,
Des choses par le mouvement.

Rosées

Je rêve, et la pâle rosée
Dans les plaines perle sans bruit,
Sur le duvet des fleurs posée
Par la main fraîche de la nuit.

D'où viennent ces tremblantes gouttes ?
Il ne pleut pas, le temps est clair ;
C'est qu'avant de se former, toutes,
Elles étaient déjà dans l'air.

D'où viennent mes pleurs ? Toute flamme,
Ce soir, est douce au fond des cieux ;
C'est que je les avais dans l'âme
Avant de les sentir aux yeux.

On a dans l'âme une tendresse
Où tremblent toutes les douleurs,
Et c'est parfois une caresse
Qui trouble, et fait germer les pleurs.

Renaissance

Je voudrais, les prunelles closes,
Oublier, renaître, et jouir
De la nouveauté, fleur des choses,
Que l'âge fait évanouir.

Je resaluerais la lumière,
Mais je déplierais lentement
Mon âme vierge et ma paupière
Pour savourer l'étonnement;

Et je devinerais moi-même
Les secrets que nous apprenons ;
J'irais seul aux êtres que j'aime
Et je leur donnerais des noms ;

Émerveillé des bleus abîmes
Où le vrai Dieu semble endormi,
Je cacherais mes pleurs sublimes
Dans des vers sonnant l'infini ;

Et pour toi, mon premier poème,
O mon aimée, ô ma douleur,
Je briserais d'un cri suprême
Un vers frêle comme une fleur.

Si pour nous il existe un monde
Où s'enchaînent de meilleurs jours,
Que sa face ne soit pas ronde,
Mais s'étende toujours, toujours...

Et que la beauté, désapprise
Par un continuel oubli,
Par une incessante surprise
Nous fasse un bonheur accompli.

A l'Hirondelle

Toi qui peux monter solitaire
Au ciel, sans gravir les sommets,
Et dans les vallons de la terre
Descendre sans tomber jamais;

Toi qui, sans te pencher au fleuve
Où nous ne puisons qu'à genoux,
Peux aller boire avant qu'il pleuve
Au nuage trop haut pour nous;

Toi qui pars au déclin des roses
Et reviens au nid printanier,
Fidèle aux deux meilleures choses,
L'indépendance et le foyer ;

Comme toi mon âme s'élève
Et tout à coup rase le sol,
Et suit avec l'aile du rêve
Les beaux méandres de ton vol.

S'il lui faut aussi des voyages,
Il lui faut son nid chaque jour ;
Elle a tes deux besoins sauvages :
Libre vie, immuable amour.

Les Berceaux

Après le départ des oiseaux,
Les nids abandonnés pourrissent.
Que sont devenus nos berceaux?
De leur bois les vers se nourrissent.

Le mien traîne au fond des greniers,
L'oubli morne et lent le dévore;
Je l'embrasserais volontiers,
Car mon enfance y rit encore.

C'est là que j'avais nuit et jour,
Pour ciel de lit, des yeux de mère
Où mon âme épelait l'amour
Et ma prunelle la lumière.

Sur le cœur d'amis sûrs et bons,
Femmes sans tache, sur le vôtre,
C'est un berceau que nous rêvons
Sous une forme ou sous une autre.

Cet instinct de vivre blottis
Dure encore à l'âge où nous sommes ;
Pourquoi donc, si tôt trop petits,
Berceaux, trahissez-vous les hommes ?

Comme alors

Quand j'étais tout enfant, ma bouche
Ignorait un langage appris :
Du fond de mon étroite couche
J'appelais les soins par des cris ;

Ma peine était la peur cruelle
De perdre un jouet dans mes draps,
Et ma convoitise était celle
Qui supplie en tendant les bras.

Maintenant que sans être aidées
Mes lèvres parlent couramment,
J'ai moins de signes que d'idées :
On a changé mon bégaiement.

Et maintenant que les caresses
Ne me bercent plus quand je dors,
J'ai d'inexprimables tendresses,
Et je tends les bras comme alors.

Ici-bas

Ici-bas tous les lilas meurent,
Tous les chants des oiseaux sont courts ;
Je rêve aux étés qui demeurent
  Toujours...

Ici-bas les lèvres effleurent
Sans rien laisser de leur velours ;
Je rêve aux baisers qui demeurent
  Toujours...

Ici-bas tous les hommes pleurent
Leurs amitiés ou leurs amours ;
Je rêve aux couples qui demeurent
Toujours...

Pensée perdue

Elle est si douce, la pensée,
Qu'il faut, pour en sentir l'attrait,
D'une vision commencée
S'éveiller tout à coup distrait.

Le cœur dépouillé la réclame ;
Il ne la fait point revenir,
Et cependant elle est dans l'âme,
Et l'on mourrait pour la finir.

A quoi pensais-je tout à l'heure?
A quel beau songe évanoui
Dois-je les larmes que je pleure?
Il m'a laissé tout ébloui.

Et ce bonheur d'une seconde,
Nul effort ne me l'a rendu;
Je n'ai goûté de joie au monde
Qu'en rêve, et mon rêve est perdu.

Un Songe

J'étais mort, j'entrais au tombeau
Où mes aïeux rêvent ensemble.
Ils ont dit : « La nuit lourde tremble ;
Est-ce l'approche d'un flambeau,

« Le signal de la nouvelle ère
Qu'attend notre éternel ennui ?
— Non, c'est l'enfant, a dit mon père :
Je vous avais parlé de lui.

« Il était au berceau ; j'ignore
S'il nous vient jeune ou chargé d'ans.
Mes cheveux sont tout blonds encore,
Les tiens, mon fils, peut-être blancs ?

— Non, père, au combat de la vie
Bientôt je suis tombé vaincu,
L'âme pourtant inassouvie :
Je meurs et je n'ai pas vécu.

— J'attendais près de moi ta mère :
Je l entends gémir au-dessus !
Ses pleurs ont tant mouillé la pierre
Que mes lèvres les ont reçus.

« Nous fûmes unis peu d'années
Après de bien longues amours ;
Toutes ses grâces sont fanées...
Je la reconnaîtrai toujours.

« Ma fille a connu mon visage :
S'en souvient-elle ? Elle a changé.
Parle-moi de son mariage
Et des petits-enfants que j'ai.

— Un seul vous est né. — Mais toi-même,
N'as-tu pas de famille aussi ?
Quand on meurt jeune, c'est qu'on aime :
Qui vas-tu regretter ici ?

— J'ai laissé ma sœur et ma mère
Et les beaux livres que j'ai lus ;
Vous n'avez pas de bru, mon père ;
On m'a blessé, je n'aime plus.

— De tes aïeux compte le nombre :
Va baiser leurs fronts inconnus,
Et viens faire ton lit dans l'ombre
A côté des derniers venus.

« Ne pleure pas ; dors dans l'argile
En espérant le grand réveil.
— O père, qu'il est difficile
De ne plus penser au soleil ! »

Les Yeux

Bleus ou noirs, tous aimés, tous beaux,
Des yeux sans nombre ont vu l'aurore;
Ils dorment au fond des tombeaux,
Et le soleil se lève encore.

Les nuits, plus douces que les jours,
Ont enchanté des yeux sans nombre;
Les étoiles brillent toujours,
Et les yeux se sont remplis d'ombre.

Oh! qu'ils aient perdu leur regard,
Non, non, cela n'est pas possible!
Ils se sont tournés quelque part
Vers ce qu'on nomme l'invisible;

Et comme les astres penchants
Nous quittent, mais au ciel demeurent,
Les prunelles ont leurs couchants,
Mais il n'est pas vrai qu'elles meurent.

Bleus ou noirs, tous aimés, tous beaux,
Ouverts à quelque immense aurore,
De l'autre côté des tombeaux
Les yeux qu'on ferme voient encore.

L'Idéal

La lune est grande, le ciel clair
Et plein d'astres, la terre est blême,
Et l'âme du monde est dans l'air.
Je rêve à l'étoile suprême,

A celle qu'on n'aperçoit pas,
Mais dont la lumière voyage
Et doit venir jusqu'ici-bas
Enchanter les yeux d'un autre âge.

Quand luira cette étoile, un jour,
La plus belle et la plus lointaine,
Dites-lui qu'elle eut mon amour,
O derniers de la race humaine !

L'Ame

J'ai dans mon cœur, j'ai sous mon front
Une âme invisible et présente :
Ceux qui doutent la chercheront;
Je la répands pour qu'on la sente.

Partout scintillent les couleurs,
Mais d'où vient cette force en elles?
Il existe un bleu dont je meurs,
Parce qu'il est dans les prunelles.

Tous les corps offrent des contours,
Mais d'où vient la forme qui touche ?
Comment fais-tu les grands amours,
Petite ligne de la bouche ?

Partout l'air vibre et rend des sons,
Mais d'où vient le délice intime
Que nous apportent ces frissons
Quand c'est une voix qui l'anime ?

J'ai dans mon cœur, j'ai sous mon front
Une âme invisible et présente :
Ceux qui doutent la chercheront ;
Je la répands pour qu'on la sente.

La Malade

C'était au milieu de la nuit,
Une longue nuit de décembre ;
Le feu, qui s'éteignait sans bruit,
Rougissait par moments la chambre.

On distinguait des rideaux blancs,
Mais on n'entendait pas d'haleine ;
La veilleuse aux rayons tremblants
Languissait dans la porcelaine.

Et personne, hélas ! ne savait
Que l'enfant fût à l'agonie ;
De lassitude, à son chevet,
Sa mère s'était endormie.

Mais, pour la voir, tout bas, pieds nus,
Entr'ouvrant doucement la porte,
Ses petits frères sont venus...
Déjà la malade était morte.

Ils ont dit : « Est-ce qu'elle dort ?
Ses yeux sont fixes ; de sa bouche
Nul murmure animé ne sort ;
Sa main fait froid quand on la touche.

« Quel grand silence dans le lit !
Pas un pli des draps ne remue ;
L'alcôve effrayante s'emplit
D'une solitude inconnue.

« Notre mère est assise là ;
Elle est tranquille, elle sommeille :
Qu'allons-nous faire ? Laissons-la.
Que Dieu lui-même la réveille ! »

Et, sans regarder derrière eux,
Vite dans leurs lits ils rentrèrent :
Alors, se sentant malheureux,
Avec épouvante ils pleurèrent.

La Chanson de l'Air

A l'Air, le dieu puissant qui soulève les ondes
Et fouette les hivers,
A l'Air, le dieu léger qui rend les fleurs fécondes
Et sonores les vers,
Salut ! C'est le grand dieu dont la robe flottante
Fait le ciel animé ;
Et c'est le dieu furtif qui murmure à l'amante :
« Voici le bien-aimé. »
C'est lui qui fait courir le long des oriflammes
Les frissons belliqueux,

Et qui fait voltiger sur le cou blanc des femmes
Le ruban des cheveux.
C'est par lui que les eaux vont par lourdes nuées
Rafraîchir les moissons,
Qu'aux lèvres des rêveurs s'élèvent remuées
Les senteurs des buissons.
Il berce également l'herbe sur les collines,
Les flottes sur les mers ;
C'est le breuvage épars des feuilles aux poitrines,
L'esprit de l'univers.
Il va, toujours présent dans son immense empire
En tous lieux à la fois,
Renouveler la vie à tout ce qui respire,
Hommes, bêtes et bois ;
Et dans le froid concert des forces éternelles
Seul il chante joyeux,
Errant comme les cœurs, libre comme les ailes,
Et beau comme les yeux !

Pluie

Il pleut. J'entends le bruit égal des eaux ;
Le feuillage, humble et que nul vent ne berce,
Se penche et brille en pleurant sous l'averse ;
Le deuil de l'air afflige les oiseaux.

La bourbe monte et trouble la fontaine,
Et le sentier montre à nu ses cailloux.
Le sable fume, embaume et devient roux ;
L'onde à grands flots le sillonne et l'entraîne.

Tout l'horizon n'est qu'un blême rideau ;
La vitre tinte et ruisselle de gouttes ;
Sur le pavé sonore et bleu des routes
Il saute et luit des étincelles d'eau.

Le long d'un mur, un chien morne à leur piste,
Trottent, mouillés, de grands bœufs en retard ;
La terre est boue et le ciel est brouillard ;
L'homme s'ennuie : oh ! que la pluie est triste !

Les Oiseaux

Montez, montez, oiseaux, à la fange rebelles,
Du poids fatal les seuls vainqueurs !
A vous le jour sans ombre et l'air, à vous les ailes
Qui font planer les yeux aussi haut que les cœurs !

Des plus parfaits vivants qu'ait formés la nature,
Lequel plus aisément plane sur les forêts,
Voit mieux se dérouler leurs vagues de verdure,
Suit mieux des quatre vents la céleste aventure,
Et regarde sans peur le soleil d'aussi près ?

Lequel sur la falaise a risqué sa demeure
Si haut qu'il vît sous lui les bâtiments bercés ?
Lequel peut fuir la nuit en accompagnant l'heure,
Si prompt qu'à l'occident les roseaux qu'il effleure,
Quand il touche au levant, ne sont pas redressés ?

Fuyez, fuyez, oiseaux, à la fange rebelles,
        Du poids fatal les seuls vainqueurs !
A vous le jour, à vous l'espace ! à vous les ailes
Qui promènent les yeux aussi loin que les cœurs !

Vous donnez en jouant des frissons aux charmilles ;
Vos chantres sont des bois le délice et l'honneur ;
Vous êtes, au printemps, bénis dans les familles :
Vous y prenez le pain sur les lèvres des filles ;
Car vous venez du ciel et vous portez bonheur.

Les pâles exilés, quand vos bandes lointaines
      rdent dans l'azur comme les jours heureux,
                de leurs superbes haines ;
                  gés de justes chaînes
                    nd vous chantez pour eux.

Chantez, chantez, oiseaux, à la fange rebelles,
Du poids fatal les seuls vainqueurs !
A vous la liberté, le ciel ! à vous les ailes
Qui font vibrer les voix aussi haut que les cœurs !

A Douarnenez en Bretagne

On respire du sel dans l'air,
Et la plantureuse campagne
Trempe sa robe dans la mer,
A Douarnenez en Bretagne.

A Douarnenez en Bretagne,
Les enfants rôdent par troupeaux;
Ils ont les pieds fins, les yeux beaux,
Et sainte Anne les accompagne.

Les vareuses sont en haillons,
Mais le flux roule sa montagne
En y berçant des papillons,
A Douarnenez en Bretagne.

A Douarnenez en Bretagne,
Quand les pêcheurs vont de l'avant,
Les voiles brunes fuient au vent
Comme hirondelles en campagne.

Les aïeux n'y sont point trahis ;
Le cœur des filles ne se gagne
Que dans la langue du pays,
A Douarnenez en Bretagne.

La Falaise

Deux hommes sont montés sur la haute falaise ;
Ils ont fermé les yeux pour écouter la mer :
« J'entends le paradis pousser des clameurs d'aise.
— Et moi j'entends gémir les foules de l'enfer. »

Alors, épouvantés des songes de l'ouïe,
Ils ont rouvert les yeux sous le même soleil.
L'Océan sait parler, selon l'âme et la vie,
Aux hommes différents avec un bruit pareil.

Le long du quai

Le long du quai les grands vaisseaux,
Que la houle incline en silence,
Ne prennent pas garde aux berceaux
Que la main des femmes balance.

Mais viendra le jour des adieux ;
Car il faut que les femmes pleurent
Et que les hommes curieux
Tentent les horizons qui leurrent.

Et ce jour-là les grands vaisseaux,
Fuyant le port qui diminue,
Sentent leur masse retenue
Par l'âme des lointains berceaux.

L'Ombre

Notre forme au soleil nous suit, marche, s'arrête,
Imite gauchement nos gestes et nos pas,
Regarde sans rien voir, écoute et n'entend pas,
Et doit ramper toujours quand nous levons la tête.

A son ombre pareil, l'homme n'est ici-bas
Qu'un peu de nuit vivante, une forme inquiète
Qui voit sans pénétrer, sans inventer répète,
Et murmure au Destin : « Je te suis où tu vas. »

Il n'est qu'une ombre d'ange, et l'ange n'est lui-même
Qu'un des derniers reflets tombés d'un front suprême ;
Et voilà comment l'homme est l'image de Dieu.

Et loin de nous peut-être, en quelque étrange lieu,
Plus proche du néant par des chutes sans nombre,
L'ombre de l'ombre humaine existe, et fait de l'ombre.

Paysan

Que voit-on dans ce champ de pierres ?
Un paysan souffle, épuisé ;
Le hâle a brûlé ses paupières ;
Il se dresse, le dos brisé ;
Il a le regard de la bête
Qui, dételée enfin, s'arrête
Et flaire, en allongeant la tête,
Son vieux bât qu'elle a tant usé.

La Misère, étreignant sa vie,
Le courbe à terre d'une main,
Et, fermant l'autre, le défie
D'en ôter, sans douleur, son pain.
Il est la chose à face humaine
Qu'on voit à midi dans la plaine
Travailler, la peau sous la laine
Et les talons dans le sapin.

Soyez riches sans trop de joie;
Soyez savants, mais sans fierté :
L'heureux a cru choisir la voie
Où de doux fleuves l'ont porté.
On hérite d'un sang qu'on vante;
On rencontre ce qu'on invente;
Et je cherche avec épouvante
Les œuvres de ma liberté...

Brave homme, le rire et les larmes
Sont mêlés par le sort distrait;
Nous flottons tous, dans les alarmes,
Du vain espoir au vain regret.

Et, si ta vie est un supplice,
Nos lois ont un divin complice :
Fait-on le mal avec délice ?
Fait-on le bien comme on voudrait ?

Le Gué

Ils tombent épuisés ; la bataille était rude.
Près d'un fleuve, au hasard, sur le dos, sur le flanc,
Ils gisent, engourdis par tant de lassitude
Qu'ils sont bien, dans la boue et dans leur propre sang.

Leurs grandes faux sont là, luisantes d'un feu rouge,
En plein midi. Le chef est un vieux paysan :
Il veille. Or il croit voir un pli du sol qui bouge...
Les Russes ! Il tressaille et crie : « Allez-vous-en ! »

Il les pousse du pied : « Ho ! mes fils, qu'on se lève ! »
Et chacun, se dressant d'un effort fatigué,
Le corps plein de sommeil et l'esprit plein de rêve,
Tâte l'onde et s'y traîne à la faveur d'un gué.

De peur que derrière eux leur trace découverte
N'indique leur passage au bourreau qui les suit,
Et qu'ainsi leur salut ne devienne leur perte,
Ils souffrent sans gémir et se hâtent sans bruit.

Hélas ! plus d'un s'affaisse et roule à la dérive,
Mais tous, même les morts, ont fui jusqu'au dernier.
Le chef, demeuré seul, songe à quitter la rive...
C'est trop tard ! Une main le retient prisonnier.

« Vieux ! sais-tu si le fleuve est guéable où nous sommes ?
Misérable, réponds : vivre ou mourir, choisis.
— Il a bien douze pieds. — Voyons, » dirent ces hommes,
En le poussant à l'eau sous l'œil noir des fusils.

L'eau ne lui va qu'aux reins, tant la terre est voisine,
Mais il se baisse un peu sous l'onde à chaque pas,
Il plonge lentement jusques à la poitrine,
Car les pâles blessés vont lentement là-bas...

La bouche close, il sent monter à son oreille
Un lugubre murmure, un murmure de flux,
Le front blanc d'une écume à ses cheveux pareille,
Il est sur ses genoux. Rien ne surnage plus.

Du reste de son souffle il vit une seconde,
Et les fusils couchés se sont relevés droits :
Alors, ô foi sublime ! un bras qui sort de l'onde
Ébauche dans l'air vide un grand signe de croix.

J'admirais le soldat qui dans la mort s'élance
Fier, debout, plein du bruit des clairons éclatants !
De quelle race es-tu ? toi qui, seul, en silence,
Te baisses pour mourir et sais mourir longtemps !

Je me croyais poète

Je me croyais poète et j'ai pu me méprendre,
D'autres ont fait la lyre et je subis leur loi ;
Mais si mon âme est juste, impétueuse et tendre,
Qui le sait mieux que moi ?

Oui, je suis mal servi par des cordes nouvelles
Qui ne vibrent jamais au rythme de mon cœur ;
Mon rêve de sa lutte avec les mots rebelles
Ne sort jamais vainqueur !

Mais quoi! le statuaire, au moment où l'argile
Refuse au sentiment le contour désiré,
Parce qu'il trouve alors une fange indocile
    Est-il moins inspiré?

Si mon dessein secret demeure obscur aux hommes
A cause de l'outil qui tremble dans ma main,
Dieu, qui sans interprète aperçoit qui nous sommes,
    Juge l'œuvre en mon sein.

Quand j'ai changé mon âme en un bruit pour l'oreille,
Les hommes ont-ils vu ma joie et ma douleur?
Ils n'ont qu'un mot : l'amour, expression pareille
    De mon trouble et du leur.

Heureux qui de son cœur voit l'image apparaître
Au flot d'un verbe pur comme en un ruisseau clair,
Et peut manifester comment frémit son être
    En faisant frémir l'air!

Hélas! A mes pensers le signe se dérobe,
Mon âme a plus d'élan que mon cri n'a d'essor,
Je sens que je suis riche, et ma sordide robe
Cache aux yeux mon trésor.

L'airain sans l'effigie est un bien illusoire,
Et j'en porte un lingot qu'il faudrait monnayer;
J'ai de ce fort métal dont s'achète la gloire,
Et ne la puis payer.

La gloire! oh! surnager sur cette immense houle
Qui, dans son flux hautain noyant les noms obscurs,
Des brumes du passé se précipite et roule
Aux horizons futurs!

Voir mon œuvre flotter sur cette mer humaine,
D'un bout du monde à l'autre et par delà ma mort,
Comme un fier pavillon que la vague ramène
Seul, mais vainqueur, au port!

Ce rêve ambitieux remplira ma jeunesse,
Mais, si l'air ne s'est point de ma vie animé,
Que dans un autre cœur mon poème renaisse,
Qu'il vibre et soit aimé !

La Patrie

Viens! ne marche pas seul dans un jaloux sentier,
Mais suis les grands chemins que l'humanité foule ;
Les hommes ne sont forts, bons et justes, qu'en foule :
Ils s'achèvent ensemble, aucun d'eux n'est entier.

Malgré toi tous les morts t'ont fait leur héritier ;
La patrie a jeté le plus fier dans son moule,
Et son nom fait toujours monter comme une houle
De la poitrine aux yeux l'enthousiasme altier !

Viens! il passe au forum un immense zéphire;
Viens! l'héroïsme épars dans l'air qu'on y respire
Secoue utilement les moroses langueurs.

Laisse à travers ton luth souffler le vent des âmes,
Et tes vers flotteront comme des oriflammes,
Et comme des tambours sonneront dans les cœurs.

Première Solitude

On voit dans les sombres écoles
Des petits qui pleurent toujours;
Les autres font leurs cabrioles,
Eux, ils restent au fond des cours.

Leurs blouses sont très bien tirées,
Leurs pantalons en bon état,
Leurs chaussures toujours cirées;
Ils ont l'air sage et délicat.

Les forts les appellent des filles,
Et les malins des innocents ;
Ils sont doux, ils donnent leurs billes,
Ils ne seront pas commerçants.

Les plus poltrons leur font des niches,
Et les gourmands sont leurs copains ;
Leurs camarades les croient riches,
Parce qu'ils se lavent les mains.

Ils frissonnent sous l'œil du maître,
Son ombre les rend malheureux.
Ces enfants n'auraient pas dû naître,
L'enfance est trop dure pour eux !

Oh ! la leçon qui n'est pas sue,
Le devoir qui n'est pas fini !
Une réprimande reçue,
Le déshonneur d'être puni !

Tout leur est terreur et martyre ;
Le jour, c'est la cloche, et, le soir,
Quand le maître enfin se retire,
C'est le désert du grand dortoir :

La lueur des lampes y tremble
Sur les linceuls des lits de fer ;
Le sifflet des dormeurs ressemble
Au vent sur les tombes, l'hiver.

Pendant que les autres sommeillent,
Faits au coucher de la prison,
Ils pensent au dimanche, ils veillent
Pour se rappeler la maison ;

Ils songent qu'ils dormaient naguères
Douillettement ensevelis
Dans les berceaux, et que les mères
Les prenaient parfois dans leurs lits.

O mères, coupables absentes,
Qu'alors vous leur paraissez loin !
A ces créatures naissantes
Il manque un indicible soin ;

On leur a donné les chemises,
Les couvertures qu'il leur faut :
D'autres que vous les leur ont mises,
Elles ne leur tiennent pas chaud.

Mais, tout ingrates que vous êtes,
Ils ne peuvent vous oublier,
Et cachent leurs petites têtes,
En sanglotant, sous l'oreiller.

Joies sans causes

On connaît toujours trop les causes de sa peine,
Mais on cherche parfois celles de son plaisir ;
Je m'éveille parfois l'âme toute sereine,
Sous un charme étranger que je ne peux saisir.

Un ciel rose envahit mon être et ma demeure,
J'aime tout l'univers, et, sans savoir pourquoi,
Je rayonne. Cela ne dure pas une heure,
Et je sens refluer les ténèbres en moi.

D'où viennent ces lueurs de joie instantanées,
Ces paradis ouverts qu'on ne fait qu'entrevoir,
Ces étoiles sans noms dans la nuit des années,
Qui filent en laissant le fond du cœur plus noir?

Est-ce un avril ancien dont l'azur se rallume,
Printemps qui renaîtrait de la cendre des jours
Comme un feu mort jetant une clarté posthume?
Est-ce un présage heureux des futures amours?

Non. Ce mystérieux et rapide sillage
N'a rien du souvenir ni du pressentiment;
C'est peut-être un bonheur égaré qui voyage
Et, se trompant de cœur, ne nous luit qu'un moment.

La Voie lactée

Aux étoiles j'ai dit un soir :
« Vous ne paraissez pas heureuses ;
Vos lueurs, dans l'infini noir,
Ont des tendresses douloureuses ;

« Et je crois voir au firmament
Un deuil blanc mené par des vierges
Qui portent d'innombrables cierges
Et se suivent languissamment.

« Êtes-vous toujours en prière ?
Êtes-vous des astres blessés ?
Car ce sont des pleurs de lumière,
Non des rayons, que vous versez.

« Vous, les étoiles, les aïeules
Des créatures et des dieux,
Vous avez des pleurs dans les yeux... »
Elles m'ont dit : « Nous sommes seules...

« Chacune de nous est très loin
Des sœurs dont tu la crois voisine ;
Sa clarté caressante et fine
Dans sa patrie est sans témoin ;

« Et l'intime ardeur de ses flammes
Expire aux cieux indifférents. »
Je leur ai dit : « Je vous comprends !
Car vous ressemblez à des âmes :

« Ainsi que vous, chacune luit
Loin des sœurs qui semblent près d'elle,
Et la solitaire immortelle
Brûle en silence dans la nuit. »

L'Agonie

Vous qui m'aiderez dans mon agonie,
        Ne me dites rien ;
Faites que j'entende un peu d'harmonie,
        Et je mourrai bien.

La musique apaise, enchante et délie
        Des choses d'en bas :
Bercez ma douleur ; je vous en supplie,
        Ne lui parlez pas.

Je suis las des mots, je suis las d'entendre
          Ce qui peut mentir ;
J'aime mieux les sons qu'au lieu de comprendre
          Je n'ai qu'à sentir :

Une mélodie où l'âme se plonge
          Et qui, sans effort,
Me fera passer du délire au songe,
          Du songe à la mort.

Vous qui m'aiderez dans mon agonie,
          Ne me dites rien.
Pour allégement un peu d'harmonie
          Me fera grand bien.

Vous irez chercher ma pauvre nourrice,
          Qui mène un troupeau,
Et vous lui direz que c'est un caprice,
          Au bord du tombeau,

D'entendre chanter, tout bas, de sa bouche,
  Un air d'autrefois,
Simple et monotone, un doux air qui touche
  Avec peu de voix.

Vous la trouverez : les gens des chaumières
  Vivent très longtemps ;
Et je suis d'un monde où l'on ne vit guères
  Plusieurs fois vingt ans.

Vous nous laisserez tous les deux ensemble :
  Nos cœurs s'uniront ;
Elle chantera d'un accent qui tremble,
  La main sur mon front.

Lors elle sera peut-être la seule
  Qui m'aime toujours,
Et je m'en irai dans son chant d'aïeule
  Vers mes premiers jours,

Pour ne pas sentir, à ma dernière heure,
Que mon cœur se fend,
Pour ne plus penser, pour que l'homme meure
Comme est né l'enfant.

Vous qui m'aiderez dans mon agonie,
Ne me dites rien ;
Faites que j'entende un peu d'harmonie,
Et je mourrai bien.

Silence

La pudeur n'a pas de clémence,
Nul aveu ne reste impuni,
Et c'est par le premier nenni
Que l'ère des douleurs commence.

De ta bouche où ton cœur s'élance
Que l'aveu reste donc banni !
Le cœur peut offrir l'infini
Dans la profondeur du silence.

Baise sa main sans la presser
Comme un lis facile à blesser,
Qui tremble à la moindre secousse ;

Et l'aimant sans nommer l'amour,
Tais-lui que sa présence est douce,
La tienne sera douce un jour.

L'Étoile au Cœur

Par les nuits sublimes d'été,
Sous leur dôme d'or et d'opale,
Je demande à l'immensité
Où sourit la forme idéale.

Plein d'une angoisse de banni,
A travers la flore innombrable
Des campagnes de l'Infini,
Je poursuis ce lis adorable...

S'il brille au firmament profond,
Ce n'est pas pour moi qu'il y brille :
J'ai beau chercher, tout se confond
Dans l'océan clair qui fourmille.

Ma vue implore de trop bas
Sa splendeur en chemin perdue,
Et j'abaisse enfin mes yeux las,
Découragés par l'étendue.

Appauvri de l'espoir ôté,
Je m'en reviens plus solitaire,
Et cependant cette beauté,
Que je crois si loin de la terre,

Un laboureur insoucieux,
Chaque soir à son foyer même,
Pour l'admirer, l'a sous les yeux
Dans la paysanne qu'il aime.

Heureux qui, sans vaine langueur,
Voyant les étoiles renaître,
Ferme sur elles sa fenêtre :
La plus belle luit dans son cœur.

Douceur d'Avril

J'ai peur d'Avril, peur de l'émoi
Qu'éveille sa douceur touchante ;
Vous qu'elle a troublés comme moi,
C'est pour vous seuls que je la chante.

En décembre, quand l'air est froid,
Le temps brumeux, le jour livide,
Le cœur, moins tendre et plus étroit,
Semble mieux supporter son vide.

Rien de joyeux dans la saison
Ne lui fait sentir qu'il est triste ;
Rien en haut, rien à l'horizon
Ne révèle qu'un ciel existe.

Mais, dès que l'azur se fait voir,
Le cœur s'élargit et se creuse,
Et s'ouvre pour le recevoir
Dans sa profondeur douloureuse ;

Et ce bleu qui lui rit de loin,
L'attirant sans jamais descendre,
Lui donne l'infini besoin
D'un essor impossible à prendre.

Le bonheur candide et serein,
Qui s'exhale de toutes choses,
L'oppresse, et son premier chagrin
Rajeunit à l'odeur des roses.

Il sent, dans un réveil confus,
Les anciennes ardeurs revivre,
Et les mêmes anciens refus
Le repousser dès qu'il s'y livre.

J'ai peur d'Avril, peur de l'émoi
Qu'éveille sa douceur touchante ;
Vous qu'elle a troublés comme moi,
C'est pour vous seuls que je la chante.

Pèlerinages

En souvenir je m'aventure,
Vers les jours passés où j'aimais,
Pour visiter la sépulture
Des rêves que mon cœur a faits.

Cependant qu'on vieillit sans cesse,
Les amours ont toujours vingt ans,
Jeunes de la fixe jeunesse
Des enfants qu'on pleure longtemps.

Je soulève un peu les paupières
De ces chers et douloureux morts ;
Leurs yeux sont froids comme des pierres
Avec des regards toujours forts.

Le Temps perdu

Si peu d'œuvres pour tant de fatigue et d'ennui !
De stériles soucis notre journée est pleine :
Leur meute sans pitié nous chasse à perdre haleine,
Nous pousse, nous dévore, et l'heure utile a fui...

« Demain ! j'irai demain voir ce pauvre chez lui,
« Demain je reprendrai ce livre ouvert à peine,
« Demain je te dirai, mon âme, où je te mène,
« Demain je serai juste et fort... Pas aujourd'hui. »

Aujourd'hui, que de soins, de pas et de visites !
Oh ! l'implacable essaim des devoirs parasites
Qui pullulent autour de nos tasses à thé !

Ainsi chôment le cœur, la pensée et le livre,
Et, pendant qu'on se tue à différer de vivre,
Le vrai devoir dans l'ombre attend la volonté.

L'Automne

L'azur n'est plus égal comme un rideau sans pli.
La feuille, à tout moment, tressaille, vole et tombe ;
Au bois, dans les sentiers où le taillis surplombe,
Les taches de soleil, plus larges, ont pâli.

Mais l'œuvre de la sève est partout accompli :
La grappe autour du cep se colore et se bombe,
Dans le verger la branche au poids des fruits succombe,
Et l'été meurt, content de son devoir rempli.

Dans l'été de ta vie enrichis-en l'automne,
O mortel, sois docile à l'exemple que donne,
Depuis des milliers d'ans, la terre au genre humain ;

Vois : le front, lisse hier, n'est déjà plus sans rides,
Et les cheveux épais seront rares demain ;
Fuis la honte et l'horreur de vieillir les mains vides.

La Musique

Ah! chante encore, chante, chante!
Mon âme a soif des bleus éthers.
Que cette caresse arrachante
En rompe les terrestres fers!

Que cette promesse infinie,
Que cet appel délicieux
Dans les longs flots de l'harmonie
L'enveloppe et l'emporte aux cieux!

Les bonheurs purs, les bonheurs libres
L'attirent dans l'or de ta voix,
Par mille douloureuses fibres
Qu'ils font tressaillir à la fois...

Elle espère, sentant sa chaîne
A l'unisson si fort vibrer,
Que la rupture en est prochaine
Et va soudain la délivrer !

La musique surnaturelle
Ouvre le paradis perdu...
Hélas ! Hélas ! il n'est par elle
Qu'en songe ouvert, jamais rendu.

Le Fleuve

Vous ne révélez point la destinée ultime,
O défunts dans la nuit pêle-mêle noyés !
Dieu seul peut suivre au loin jusqu'à l'extrême abîme
Le fleuve entier des morts qui roule sous nos pieds.

Les beaux yeux, les grands cœurs et les fronts pleins
Les couples escortant Juliette et Roméo,   [de rêve,
Tous les restes humains vers la brumeuse grève
Silencieux et froids glissent au fil de l'eau.

Décorant l'avenir que le présent lui voile,
L'humanité regarde, au ciel, plus haut que soi,
Durant le jour l'azur, pendant la nuit l'étoile,
Symboles du bonheur que lui promet sa foi.

Hélas ! tout corps vivant semble un radeau qui passe,
En route sans fanal pour l'infini sans port ;
Mais courte est notre vue, et Dieu nous fit la grâce
De ne la point tourner du côté de la mort.

La Fontaine de Jouvence

Rends la sève aux heureux, naïade de Jouvence,
A leurs rapides jours donne un long renouveau;
Retourne pour eux seuls le fatal écheveau
Dont le fil mesuré vers les ciseaux s'avance.

Ceux-là n'ont pas connu le soupir dès l'enfance,
L'austère appel du Vrai, l'altier défi du Beau,
Le tourment d'y répondre et l'attrait du tombeau
Pour le front sans appui, pour le cœur sans défense.

Le ciel lointain des yeux ne leur a pas fait mal ;
Ils n'ont connu qu'un proche et clément idéal,
Et les regrets en eux ne sont pas des blessures.

Mais les martyrs du rêve et ceux du souvenir,
Inclinés vers la fosse aux promesses plus sûres,
Craignant tous les amours, n'osent pas rajeunir.

L'Indulgence

L'indulgence est tendre, elle est femme.
Ceux qu'un faux pas, même expié,
Dans le monde à jamais diffame,
Lavent leur front dans sa pitié.

Humble sœur aux longues paupières,
Pour l'homme, fût-il criminel,
Tandis qu'on lui jette des pierres,
Elle garde un pleur fraternel.

S'approchant du cœur plein de fange,
De scorie épaisse et de fiel,
Pour l'assainir, elle y mélange
Cette larme, aumône du ciel ;

Et, loin d'y remuer la honte,
Comme les injures le font,
Elle attend que l'amour remonte
Et que la haine tombe au fond.

C'est alors que, de sa main douce
Élevant ce cœur épuré,
Elle l'incline sans secousse
Et lui pardonne : il a pleuré.

La Beauté fait croire

La foi, l'antique foi dans mon âme a péri,
Et maintenant je sonde à tâtons la Nature.
Mais je regrette, hélas ! la sublime imposture
Qui, dans l'ombre déserte, offre au cœur un abri ;

Et j'y crois de nouveau quand vous m'avez souri :
La nuit m'épouvantait, cette aube me rassure.
Quand je ne vous vois pas, l'inconnu me torture ;
Paraissez seulement, et mon mal est guéri.

Un sourire de vous, et le bonheur m'inonde :
Je ne peux plus douter qu'une main sur le monde
Par pitié comme un baume ait épanché l'amour.

L'espérance a raison de ma raison rebelle :
Sans retour aimez-moi ; je croirai sans retour
A la bonté de Dieu qui vous créa si belle.

Ah! le cours de mes ans...

Ah! le cours de mes ans ne peut que faire envie :
Je ne maudirai pas le jour où je suis né.
Si Dieu m'a fait souffrir, il m'a beaucoup donné,
Je ne me plaindrai pas d'avoir connu la vie.

De la félicité que j'avais poursuivie
Le trop vaste horizon s'est aujourd'hui borné,
J'attends, calme et rêveur, ce qui m'est destiné ;
Qu'importe l'avenir? mon âme est assouvie.

L'arbre de ma jeunesse était ambitieux,
Fou d'espoir et de sève, hélas! et les orages,
Secouant sa verdure, en ont semé les cieux...

Mais le doux souvenir est le glaneur des âges,
Et l'oubli n'a jamais si bien tout effacé
Qu'il ne reste une fleur dans le champ du passé.

Je t'aime...

Je t'aime. Il est des jours, il est des jours sacrés
 Où l'âme sent tout bas renaître
La mémoire des morts qu'on a trop peu pleurés
 Et qu'on fit trop pleurer peut-être.
Allons sur les tombeaux de nos parents perdus
 Réparer cet ancien outrage.
On ne donne aux vieillards les pleurs qui leur sont dus
 Que le jour où l'on a leur âge.

Le Coucher du Soleil

Si j'ose comparer le déclin de ma vie
A ton coucher sublime, ô Soleil! je t'envie.
Ta gloire peut sombrer, le retour en est sûr :
Elle renaît immense avec l'immense azur.
De ton sanglant linceul tout le ciel se colore,
Et le regard funèbre où luit ton dernier feu,
Ce regard sombre et doux, dont tu couves encore
Le lys que ta ferveur a fait naguère éclore,
Est triste infiniment, mais n'est pas un adieu.

L'Escrime

L'art des vers se révèle à l'escrime pareil ;
Boileau l'a dit un jour à son ami Molière.
La finesse n'en est qu'aux élus familière,
Moins simple est ce beau jeu que son froid appareil.

Il nous tient en haleine et sans cesse en éveil,
Car la muse a pour nous des rigueurs de guerrière.
Elle ne se rend pas aux pleurs de la prière,
Et qui la veut dompter a perdu le sommeil.

Son regard nous défie autant qu'il nous anime :
Tandis qu'il nous émeut d'une fureur sublime,
La lyre qu'il nous offre est rebelle à nos doigts.

Trop heureux qui sait fuir ou vaincre cette amante
Adorable et sauvage, âpre et belle à la fois !
Je suis, hélas ! de ceux qu'elle enchaîne et tourmente.

La Jacinthe

Dans un antique vase en Grèce découvert,
D'une tombe exhumé, fait d'une argile pure
Et dont le col est svelte, exquise la courbure,
Trempe cette jacinthe, emblème aux yeux offert.

Un essor y tressaille, et le bulbe entr'ouvert
Déchire le satin de sa fine pelure;
La racine s'épand comme une chevelure,
Et la sève a déjà doré le bourgeon vert.

L'eau du ciel et la grave élégance du vase
L'assistent pour éclore et dresser son extase,
Elle leur doit sa fleur et son haut piédestal.

Du poète inspiré la fortune est la même :
Un deuil sublime, né hors du limon natal,
L'exalte, et dans les pleurs germe et croît son poème.

Aux Jeunes

Ah ! nous vous absolvons, nous les poètes fous,
De préférer à l'or les lèvres satinées,
De ne point sans révolte aux vagues destinées
Sacrifier la fleur d'un présent sûr et doux !

La vie a des saisons, chaque saison ses goûts.
Le partage est tout fait des rapides années :
Il les faut accueillir comme elles sont données,
Aux vieillards pour prévoir et, pour sentir, à vous.

Combien, devenus vieux, maudissent leur détresse !
Comme ils ont dédaigné le rire et la caresse,
Le passé n'a pour eux nuls consolants retours.

Heureux qui sut aimer ! Il en garde une joie,
Printanière senteur du linceul des beaux jours,
Baiser qu'au ciel de Mai la rose morte envoie.

Aux Jeunes Gens

Riez ! il nous est cher de vous sentir contents ;
La divine gaîté, cette sœur du courage,
Vous convie à braver l'horizon gros d'orage,
Sous l'immense arc-en-ciel qu'elle dresse à vingt ans.

Vous pouvez rire, vous ! Le rire n'a qu'un temps,
Et l'oubli des douleurs n'appartient qu'à votre âge ;
Même sur le bâillon mis au Droit qu'on outrage,
Vous jetez pour un jour des voiles éclatants.

Riez, car à vous seuls est permise la joie.
Le blé naissant n'a point, quand son épi verdoie,
A répondre du sol dont les tourments le font.

Riez donc ! Vos aînés se réservent les larmes.
C'est chez vous seuls qu'ils voient dans l'avenir profond
Ensemble triompher la justice et les armes.

TABLE

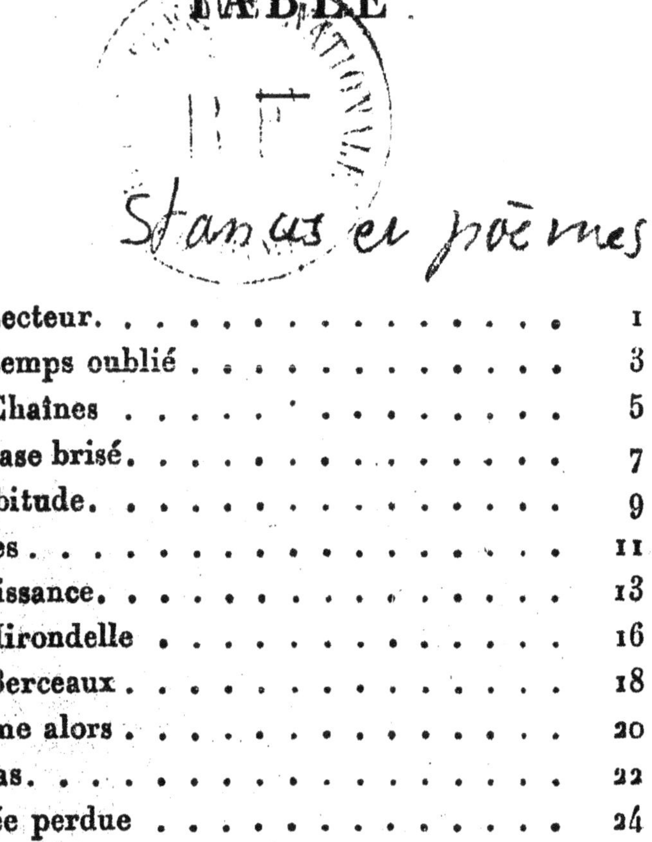

Au Lecteur	1
Printemps oublié	3
Les Chaînes	5
Le Vase brisé	7
L'Habitude	9
Rosées	11
Renaissance	13
A l'Hirondelle	16
Les Berceaux	18
Comme alors	20
Ici-bas	22
Pensée perdue	24

Un Songe 26
Les Yeux. 3o
L'Idéal. 3a
L'Ame 34
La Malade 36
La Chanson de l'Air. 39
Pluie 4ı
Les Oiseaux 43
A Douarnenez en Bretagne. 46
La Falaise 48
Le long du quai. 49
L'Ombre. 5ı
Paysan. 53
Le Gué. 56
Je me croyais poète. 59
La Patrie. 63
Première Solitude. 65
Joies sans causes 69
La Voie lactée 7ı
L'Agonie. 74
Silence. 78
L'Étoile au cœur 8o
Douceur d'Avril 83

Pèlerinages. 86

Le Temps perdu 88

L'Automne. 90

La Musique 92

Le Fleuve , ... 94

La Fontaine de Jouvence. 96

L'Indulgence 98

La Beauté fait croire 100

Ah ! le cours de mes ans... 102

Je t'aime. 104

Le Coucher du Soleil 105

L'Escrime 106

La Jacinthe. 108

Aux Jeunes. 110

Aux Jeunes Gens. 112

Impr. A. LEMERRE, 6, rue des Bergers, Paris.